朔日叢書第八九篇

苺にミルク

森安千代子歌集

現代短歌社

序

外塚喬

森安千代子さんが初めて「朔日」に作品を発表したのは、一九九七（平成9）年のことである。その時から十六年間、休むことなく作品を発表してきている。森安さんには一度思い立ったら、何としても初志を貫こうとする強い意志が見られる。若い頃に証券会社に事務職として勤めていたことがあるが、大病をしてやむなく退職をしている。その後は結婚、子育てと忙しく過ごしていたとのことである。

歌を始めるきっかけは、友人が歌集を出版したことによる。その頃の森安さんは、子育ても終ってパートとして再び働き始めていたのである。歌を始めた頃と働いていたことが重なって、仕事の歌を数多く「朔日」の誌上に発表していた。仕事の歌には、森安さんの人生が凝縮されており、心を打つ作品が多く見られた。歌には勢いがあった。とても大病をした人とは思えないが、大病をしたことによって、肝魂が坐ったのだろうか。思っていることを素直に表現することによって、自身の精神を癒しているのかも知れない。

当然のことながらこの歌集には、仕事の歌が多く収められている。時には体調を崩しながらも、必死になって歌に縋っている姿が見えてくる。森安さんの最初の仕事は、吉備団子の老舗の店員である。

売り上げにノルマなければどこここまではと目標を決めて仕事にかかる

息をぬけば客はたちまち逃げるゆゑ手渡すまでは一息になす

地上には虹の懸かるとの声あれば持ち場をはなれて虹を見にゆく

店員同士いくらか摩擦のあることをお客は知らず知らせてはならず

仕事にノルマはないといっても、店員同士の競争を意識しないわけにはいかない。いかにして売り上げを上げるかの駆け引きもあるだろう。客に商品を買って貰うには、客の心を摑まなければならない。緊張の続く日々ではなかっただろうか。

病床に四度目の爪を切り終へてのびたる髪に風を入れたり
ひと夏を病みて過ごせば秋の夜を虫喰ふやうに少しづつ寝る
大腸をいさめる薬に眠剤もときどきまぜて幾年を過ぐ

体調を崩すこともたびたびあって、入院を余儀なくされたこともある。そんな苦しい時にも、時間を見つけては歌を詠み続けている。体調が恢復すると、勤めに復帰することを繰り返す。忙しい日常のうちに時は流れて娘は結婚して、やがて孫が生まれる。

満月も流れる星もふたりして見上げたる娘が今日嫁ぎゆく
相槌も憎まれ口も素つ気無い声もなくなる娘の嫁ぎゆき

一夜にして母に変身したる娘が母の顔をしてみどりごを抱く

ときには憎まれ口を叩いていた娘でも、離れていくのはさびしい。しかし、その娘はやがて母親となって顔を見せに来る。仕事や病の歌のなかにこうした親子の絆を深めるような作品があると、心が癒される。

何年か後に、デパート内の地下の豆腐屋に転職をする。このころに森安さんは、歌を詠む楽しみを知ったようである。働くことに生き甲斐を感じている森安さんに、仕事の歌をたくさん作ることを私は勧めた。応えるように豆腐屋の歌を、詠み続けている。

豆腐の浮く八度の水の心地よしパート勤めに初めての夏
デパ地下のブームと客に言はれつつ今日も一日太陽を見ず
手を入れるたびに泳いで逃げてゆく豆腐の水は五度を上がらず

どの豆腐にするかを迷へる客のあり献立を聞きて木綿豆腐を奨む

冷たい水に手を入れては豆腐を掬い上げる。ときには客の相談にのって好みの豆腐を奨める。豆腐が「泳いで逃げてゆく」などといった表現は、体験した人でなければ到底詠うことはできない。仕事であるから、楽しいことばかりではないだろう。客とのトラブルもあるに違いない。笑顔を絶やすことなく仕事に精を出し、辛いことは内に秘める。そのことによって、精神的にも強くなっていく。

春風をもちてお客は入《はひ》りくる〈桜むしどら〉の仕上がるときに
客足の遠のくときにとにかくも食べられればいいといふ食事する
売れる品を売るのではなく売りたい品を売らむとぞして日々を励めり

豆腐屋の仕事から今度は、和菓子屋に転職する。ここでもまた、独自の世界を見せることになる。販売を担当する人の心の内側が見えてくるようでもある。最後に自らを励ましながら生きていく姿が如実に表れている作品を二首あげる。

爪先を上げてすすめと言ひきかすうつむきかげんのわれとわが身に

眠ればまた明日には力がよみがへる今までがさうこれからもきつと

『苺にミルク』は初めての歌集である。病に心が挫けそうになったときにも、歌の力によって救われた森安さんの作品が多くの識者の目に触れることを願っている。批評などを頂ければ、これからの作歌の励みになるに違いない。

二〇一三年十二月　年末寒波に冷え込む日にしるす。

目次

苺にミルク

I

こころ平らに

狭くともまたここに家を建てむとす桜咲くゆゑ友近きゆゑ

所在なく似顔絵描きの前にゐる宮仕へを辞めて来た日の午後に

ライトアップに浮き上がりたる藤棚の下暗くして人を吸ひこむ

髪を洗ひつつ考へる癖のありてリンスとシャンプーをまた間違へる

鈍色《にびいろ》はさびしき色と寂聴に聞きたることの耳をはなれず

四歳にて引き上げてより五十年 高粱《コーリャン》といふことば忘れず

悪疫守護、頭痛平癒、身代守護、菩薩も欲ばりわれも欲ばり

何ごともぎりぎりまで為さぬが近頃は為せざるやうになりて戦《をのの》く

褒められれば調子のあがるわれなれば他人《ひと》をも褒める労を惜しまず

明けがたの追はれる夢に囚はれて青天をよそに俯き過ごす

バイク通勤

初めてのバス通勤なり時刻表に載つてゐない時刻にバスが来る来る

昨日まで乗りてゐたりし市のバスを追ひ越してゆくわたしのバイク

信号にかかるか否かで今日の日の吉か凶かを占ひてゐつ

通勤のバイクの上の十分間わたくしごとはこれまでとする

信号の変はるを待つに真向かひにビルひとつ建ちて空がなくなる

四車線道路にはバイクのわたしだけ斜めに大きく突つ切つてみる

終日を地下街の店番に立ちをれば花も咲きゐず鳥も鳴きゐず

ああしてもかう誘つても売れぬ日は笑顔でゐよう駆引きやめて

客が少ない一日が長いと愚痴を言へば我慢我慢と先輩の言ふ

終日を地上は雨かしづくする傘を持ちたる客の行き来す

明けの四時似たもの母娘の起きだして蝕の始まる月を見守る

娘とふたり中秋の月を見てをりぬ月のうた花の話などして

眼の冴えて聴きゐる夜の雨の音ああ時雨といふひびき美し

休日となれば身体の螺子《ねぢ》をみなゆるめて赤きトマトをかじる

ひと夏を

東向きの列車に乗りて行きゆかば街には消えし桜ばな見ゆ

ひとり旅に持ちこし本は閉ぢしままたんぽぽの咲く沿線を行く

宅配便の一覧表を見て気づきたり埼玉には市が四十三ある

闘病とはいかばかりのことを言ふならむ乾ける爪をベッドに弾《はじ》く

梅雨入りを知らせる雨に音の無く十三階は宙に浮きゐる

病みゐるは心が先か身が先か心が先と思ひ到りぬ

生きながら鱗の飛び散る魚《いを》がゆく真夏真昼の病みたる閃光《せんくわう》

病床に四度目の爪を切り終へてのびたる髪に風を入れたり

快方に向かへる兆し外を見るゆとりに居れば満月のぼる

入院の日と同じなる半月を窓に見つけて暦くりゆく

あくまでも憶測と思へども働きに出れば治ると医師に言はれつ

身ひとつの思ひもままにならざれば関はりし一つを外さむとする

ひと夏を汗をかかずに過ごしゐて退院の玄関に秋風を受く

眠剤を飲まずに三日を眠りゐて二百十日のわが家に目覚む

ひと夏を病みて過ごせば秋の夜を虫喰ふやうに少しづつ寝る

可にあらず不可にもあらず無花果の半透明はてのひらにある

ほつほつと雨は天より音を生み秋のしめりは耳より入りぬ

散る花のざあつと音のするやうな　生き急いでるねと言はれたる日よ

娘は嫁ぎゆく

満月も流れる星もふたりして見上げたる娘が今日嫁ぎゆく

相槌も憎まれ口も素つ気無い声もなくなる娘の嫁ぎゆき

またしても見極めが甘く躓きて立ち止まりしに雨は篠つく

ほうたるの闇を走るにとらはれて束の間は今日も明日《あした》も見えず

右左の無きスリッパが時を追ひわたしの形にをさまりてくる
なんとなく解るといふも解つたといふことにして眠りに就きぬ

地下街に吹く風

曇りたるガラスケースを拭きゆくに地球の垢《あか》を拭くごとく拭く

売り上げにノルマなけれどここまではと目標を決めて仕事にかかる

大勢の客を相手の一日は不まじめも不可きまじめも不可

競り合ひにわれを忘るる一瞬のあるに気づきてあたり見廻す

息をぬけば客はたちまち逃げるゆゑ手渡すまでは一息になす

鸚鵡返しに客に応へてゐるわれと気付きたるときわれを嫌ひつ

アップアップの金魚のやうに顎をあげ時どき地上へ空気吸ひに行く

地下街にまぎれこみたる乾反り葉のかすかなる音を耳に捕へつ

地上には虹の懸かるとの声あれば持ち場をはなれて虹を見にゆく

ビッグバーゲン始まりてより身につけるエプロンの紐の肩に重たし

客が少ない寒い暑いも売り上げの上り坂なれば意には介せず

記録紙と現金がぴたり合ひたればわが胸内の帳尻も合ふ

ぽあんと開き

兵団町《へいだんちやう》の角のパン屋の自動ドアぽわんと開きてわれを迎ふる

蓮華咲く野に坐しをれば流れ来つ備中《びっちゅう》温羅《うら》太鼓《だいこ》の身に響く音

水切りをしつつ保てるカーネーションもわづかとなりて五月も終る

信号によく止めらるる日と思ふ飛行機雲に夕日があたる

振り出しに戻る思ひに立ち止まり掛け違ひたる釦をちぎる

丘にある石の風車をめがけるに青き芝生に足吸はれゆく

音の無きギャラリーに青は響きたり東山魁夷のブルーに染まる

明日よりの勤めを忘れて十六夜の月の光の下にて遊ぶ

風向きか気の向きたるか月の出に石の風ぐるま回りはじめる

七つ星を追ふ目交ひをむささびは杉の大樹へはつしと移る

この風は何いろならむと目に見えぬ風のことなど考へてゐる

誰の為に

信号機の青を磨いてみたくなる初出勤は快晴にして

出勤の二日目にしてセールあり逃げられもせず戦力となる

売れゆきのよき商品を客の目のよくとどく位置に並べ変へたり

秋天の晴朗なりと客の言ふを笑顔に聞きて地下に終日

先輩の間違ひたるは見ぬ振りし新しき客に声をかけゆく

客に慣れるも仲間に慣れるも今少し持ちたる意欲はしばらくかくす

店員同士いくらか摩擦のあることをお客は知らず知らせてはならず

地下道を帰る爪先に常の日は感じぬ傾斜を感じつつゆく

今日のほてりを月の光に冷やしつつわが家の灯りに近づきてゆく

薄荷色の昼の空あり空よりか春の気配の街に下り来つ

似てないねと言へば即座に似てないと言ひ返しくるわれに似ぬ子が

負けることに慣れゆくわれか確実に血の気は少なくなつてきてゐる

あるはずもなきやうなことを夢に見る空も見えぬほどの桜の下に

眠たきを我慢してゐつ目を瞑《つむ》ればすぐに明日が来さうで恐い

社員用通路

新年の明けを待ちゐる福袋社員用通路をふさぎてをりぬ

口を開けばひと言多きわれもゐて喧《やかま》しき女らの中に働く

社員食堂の百人を越す中にゐて一人になるための本を離せず

言ひつのるひとりに波はまたも立つ正論といふも穏やかならず

曲がりてもまた曲がりても満月は誘ふごとくにわが前にある

急ぎても良きことのあるはずもなし前を行く人の遅きに付きぬ

期限にも消費と賞味のあることを食品売り場に初めて気付く

苺にミルク

一夜にして母に変身したる娘が母の顔をしてみどりごを抱く

蓮の根を四方につけた形してみどりご眠るぷつくり眠る

夢の行方を追ふにあらずやみどりごの薄き瞼が動きを止めず

これぐらゐの仕事で丁度よいのかとこだはりのなきパートに暮れる

切れ間なき客に追はれて一滴の水も飲めずに閉店となる

タイムカードを押したる友ら日の長くなりしことなど言ひつつ帰る

嬉しがり面白がりて過ごしし日を足らひてをりぬ苺にミルク

休憩もとらずに追はれゐたる日の客の顔などは覚えてをらず

絶え間なく付きくる谷の水音の絶えて出でたる山上朗《ほが》ら

Ⅱ

初めての夏

豆腐の浮く八度の水の心地よしパート勤めに初めての夏

家族連れの多き日曜日売り上げにつながらぬことも笑顔にこなす

笑顔さへあればたいていのことは許される客対応の講習に聞く

早口の言ひ方が波長をみだすのか他意なきことに反論さるる

舌の上に載せてあそばす金楚糕《ちんすかう》の溶けゆくときに睡魔よりくる

わが腕の無用に長く思はれて置きどころなく寝返りを打つ

蓮華咲く野に残されてしやがみゐしかごめかごめの空が遠くに

お吉が身を投げしとぞいふ稲生川《いなふがは》を越えて寝姿山《ねすがたやま》へと向かふ

歌評会も終盤に入り身に付ける眼鏡、イヤリング重たくなりぬ

潮の引くと見るまに石の乾きゆく瀬浜《せばま》海岸はじんじんと夏

よたの波を分けて入りゆきし舷《ふなばた》に天窓洞《てんさうどう》の水のかげろふ

よたの波＝静岡県のある地域で「大きいうねりの波」のこと。

春の桜、秋の夕日のみごとさを聞きつつ残暑の松崎を去る

しばらくを旅のバッグに眠らせしわが家の鍵のほのあたたかし

雑踏に入る

芙蓉の花の衰へたりとゆく道に木犀の香の不意に入りくる

まなじりに落ちくる楷《かい》のもみぢ葉を雀一羽のかすめ飛びゆく

向かひくる雲に見とれて曲がるべき道を曲がれず雑踏に入る

ゼブラ‐ゾーンに木の葉一枚裏返りまた裏返り青の点滅

生まれいづる前より心にあるものか覚えなきものの夢にあらはる

当面は心配ごとのなき日なり今日の卵は色濃く見ゆる

生きてゐるものに限界のありといふを言ひ訳として今日を逃るる

死といふをわがこととして思ひをりわれより若き知り人の逝き

今日は何にて笑ひたりしか笑ふといふを授かりてゐるホモ - サピエンス

眠剤はすでに飲みしとわが裡を納得させてスタンドを消す

出雲へ

湿り帯ぶる苔のうれしさ由志園《ゆしゑん》の庭にしばらく足を留《と》めゐつ

かき氷を散らしたやうに残りたる雪に冬の日のひかりあつまる

社殿より吹き出づるごと鳩の群れ心御柱《しんみばしら》の上を舞ひゆく

打ち寄する大波のやうな年輪を定かに見せて宇頭柱《うづばしら》はあり

じわじわと陽はにぶくなり街ぐるみ追ひつめるごと黄砂ふりくる

朝刊を配りくる人の変はりしか昨日までは四時今日は六時に

交番の巡査が窓を拭いてをり春一番はその背をたたく

行く先の短き齢《よはひ》と思ふ日に買はぬこと誓ふ捨つること誓ふ

春を待つこころに窓を開けゆくにしのびよるがに木の芽雨ふる

日本中お天気マークの地図のうへ桜前線一気にのびる

土筆とる背に花びらを受けにつつこの川沿ひに二十年を過ぐ

県境はトンネル多し出でし時に飛行機雲は半分となる

錦帯橋《きんたいけう》はないやうである段差にて老い人たちは杖をとりだす

散りし花は風のかたまりいくつもの旋毛《つむじ》を作り坂を下りゆく

春風入る

眠らむと思ひてかけるＣＤのポール‐モーリアに匂ふ水色

ビルの扉をぐいつと開けたる男のあと女の形に春風入る

足裏を土につけずにひと日過ぐ明日《あした》もたぶん明後日《あさつて》もたぶん

わたしには見ることのできぬ海底のいづこにかある魚《いを》の草原《くさはら》

近づきてまた遠くなる蟬の声遠くなるとき風起つらむか

言ひ争ふ二人の同僚の間に立ち身の置きどころを考へてゐる

正体はあめんぼならむ水の輪は十重《とへ》に二十重《はたへ》に重なりてゆく

年に一度会ふやうな恋をしてみたし七月七日笹ゆれやまず

図書館の隣席に男が置きゆきし「航空情報」の青き大空

路線バスの二台つづいて行きすぎて影濃くなれり欅並木の

竹群

心に留めておきたきがあり短きメモに「、」と「。」まで書き込みてゆく

天辺の見えぬあたりで竹群はぐわらぐわらと空かきまはす

越えて山また越えて山の歩危峡《ぼけけふ》の吊橋を経て別府峡《べふけふ》に入る

間のびしたわたしがもうひとつのびてゆく窓より射しくる小春日の黄《きい》

あくがれて今日も訪ねし竹林に藪の椿の蕾ふくらむ

声を飲む早さに落ちる柿色の夕日は故郷の空へと通ず

万葉の野辺のみどりに鳴きたつる雄の河鹿《かじか》あり君のこひしき

てのひらを耳にかざして掬ふごと河鹿の声のひとすぢを聞く

明日迎へに来ると言ひおき竹群の真中に心を預けて帰る

敷きつむる藤の花殻を踏みゆくに大きくなりたるやうな足裏

山藤を折りてくれたる人の名もおぼろになりてこの春も逝く

太陽を見ず

雨か曇りかわからぬ地階に聞いてゐる雨を知らせる「雨に唄へば」
デパ地下のブームと客に言はれつつ今日も一日太陽を見ず

Aランチの卵豆腐がすくへない立ち仕事の疲れは手元までくる

仕事にてビルの窓を拭く男ありて高くなりたる空を気付かす

昔ばなしは小声でしませう聴き耳頭巾をかぶりたる人通るやもしれぬ

朝の皿に残る苺がつぶやきぬ「自分で死ぬのは今日も無理だよ」

この人は誰だつたかと思ひつつ笑顔を消さず話しつづける

作りものめく黄の花に春を呼ぶ香りの立ちて臘梅闌ける

先輩に七分同輩に三分の気を遣ひ今日も売り場に三人で立つ

客応対に気分ののりたる頃ほひにわが休憩の順番の来る

閉店を待つ

異をとなへ話し合ふべきと思ひしがとぎれなき客にそのままとなる

相手をする客の百人を越えたればよき日となして閉店を待つ

もう一度だけとクーラーを入れなほし休みの朝は無理矢理ねむる

花びらは花びらの間を縫ひながら流れてゆきぬ道あるごとく

生き急ぎゐるとまたもや言はれつつこれで終りのごとく桜見る

病状も快方に向きおばあちゃんがおばあちゃんと呼ぶ大部屋にゐる

二週間ぶりにつけたる腕時計立ち止まるとき重さのありぬ

退出するまでの数分更衣室に人の噂をさみしく聞きぬ

透明のエレベーターに降りゆけり人間《ひと》はこなれぬ異物のやうに

時にゆめみる

姉の逝きまた義兄の逝き白壺にきこんきこんと骨の軽く落つ

七月の陽の明るきを忌み明けの墓辺を進む列をつくりて

手の中に蛍を灯しし日も遠く母の逝きたる齢《よはひ》になりぬ

あいまいなやさしきものに包まれて目覚めざることを時にゆめみる

黄葉《くわうえふ》になりて気付けりこの道に銀杏並木のありたることを

風が手にのつてゐるといふをさなごと風の中ゆく川沿ひのみち

近づきてわれを起こしし雷は花火の割れる一瞬に似る

起きぬけのこの胸さわぎは夢のせゐだ夢のせゐにして立ち上がりたり

閉店の間近となるにショーケースのおぼろ揚げ三つを見切り値とする

明後日までは日持ちしますと答ふるに客に名札を確かめられつ

理不尽な客の苦情の電話にも頭を下げてただに謝る

かけこみし最後の客を送り出し残りし品を数へにかかる

照明の落ちたる店に三角巾をはづして髪に指かき入れる

いつも通る角に建ちゆくビルディングある朝突然三十階となる

おまへだけは許さぬと月に言はれゐるやうでわが影をけりながらゆく

マフラーを巻く

不安などやり過ごさむと新しき金糸雀《カナリア》色《いろ》のマフラーを巻く

良し悪しを問ふに普通と言はれゐて面白くなしふつうといふは

納得はゆかぬけれども何となく頭《づ》の軽くなり美容院を出る

何となくその場かぎりに生きてきて決心などと何をいまさら

春野菜をいろはにほへとと並べるにテーブルに流るるせせらぎの音

枝先のゆれがわが身にとどくまで眼《まなこ》をつむり竹の幹抱く

青蓮院《しやうれんゐん》の庭の一樹が盛りにてその花群は人を集める

青蓮院の渡り廊下の小さき坂奈落《ならく》へ続く道やもしれず

醍醐寺《だいごじ》の卯月の雨よ屋根にふり桜にふりて二人をぬらす

死にたいとは思はぬけれど死んでもいいと思ひてをりぬ桜の下に

街川に風が吹くのか花びらの落ちむとしてはまた舞ひ上がる

桜咲く街に燕がいく筋も線を引きゆく日の暮るるまで

この花は何かとたづねる人ありて花水木の下にしばらく話す

マクドナルドのカップの底に書かれたる験《げん》をかつげをひと日気にする

観覧車

観覧車のゴンドラは空にこつこつと傷をつけつつ雲をめざしぬ

観覧車は浮遊しはじめ中空にわたしのこころも遊びはじめる

生きてゆく理由がみつかるやうな日がまた来るのかも観覧車にゐる

通勤の坂に桜の影のありわれも朝夕影うつしゆく

スリッパの大きくなれりと思ふ朝　わたしの足は朝おとなしい

はかどらぬ休日なりき二足あるわがスリッパが雲隠れする

玄関に子の出勤の音のしてそのスリッパにぬくみ残れり

わが裡の怪しきものの固まりの出でゆく隙をつくらむとする

待つといふ長き時間の固まりを吐き出しながらプールに過ごす

信号の黄色が続く付いてない日を受け入れて風の中ゆく

あるかなきかの早さに人を沈めゆく小糠雨《こぬかあめ》降る夜のゴンドラ

席を立つ後を必ずふり向くを癖ともなしてまた歳をとる

ふみはづしさうなとき声をかけないでもう少しでいいそつとこのまま

きのふと今日の隙間《すきま》のやうな午前二時じいんと一声蟬の啼きたり

はづしたる指輪が指にあるやうで夕べ帰りてくすりゆび見る

何もかも見すかされさうな青空に背を向けて隠したきもの抱く

青年に抱かれて祭りを追ひし子が大きな夕日を背にして帰る

祭りより連れて戻りし風船は風の窓より出航をせり

わが裡の逢魔が時や風船を追ひたる子どもふつと消えたり

後楽園の秋

ひいやりと椎の木下にひろひたる椎の実を盛るに秋はあふるる

喧騒《けんさう》の中にひとりを囲ひこむ誰も見てゐない見られてゐない

あの人にとつてはどうでもいいものを大事なものとして囲ひこむ

五線紙にをおたまじやくしがはねるごとをさなは立つたり坐つたりする

魂といふ字に鬼のゐることに気づきたる日のたましひ疼《うづ》く

ふつと目を落としたる隙に立ちゆきし鴉はわたしをおきざりにする

もう止さうもう止めたいと思ひつつ紙のやうなるキャベツを食みぬ

ティー・ルームに歌ひとつ生む　こんなことしてゐていいのかいいことにする

きのふとけふとマフラーの色を変へたことに気づいてゐないきつとあなたは

樹のつくる影がまるいと言へる子とその影に入りしばらくまろし

あのときの空が見たくてぶらんこを鎖のたわむまでこぎあげる

仰ぐ青空

称名滝《しやうみやうだき》は近くなるらし九分上り一分下りしとき滝の音

たちまちに霧は天へと上りゆき鹿島槍ヶ岳すがたあらはす

神かくしに会ひたるごとく子どもらの失せて空には鵯《ひよどり》の声

左手は右手をいくらか助けるのみこき使ひたる右手の硬し

陽のひかりは雲に入りたり時を得て篁《たかむら》の風高く鳴りゆく

大腸をいさめる薬に眠剤もときどきまぜて幾年を過ぐ

十人十色の十色に入れたくもなき色よ今日も会ひたる黒と灰色

ベランダの冬の朝日のうれしくてバケツの氷を割りてたのしむ

ほめることはけなすことよりむづかしく上を下へと言葉あやつる

迫力とは縁のなき日々逃げ道をつくりてものを言ふやうになる

メタセコイアの高さに声をあげながらわが青年と仰ぐ青空

いつまでをわが青年でゐてくれるかと思ひゐて歩《ほ》の遅くなる

ＢＧＭのふつと途切れて客足の遠のく一瞬おのれにもどる

春から夏へ

追ひてゐるのか追はれてゐるかどうであれ二羽の燕はたのしんでゐる

透きとほる海底の広がるやうにして術後の右眼は夢を見てゐる

二週間はテレビも見られず活字をも見られぬといふさあなんとせむ

終日を共に過ごせる同僚にひとり遊びがうまいと言はる

後列のお揚げをよりてゐる客を見ぬふりをする店の明るし

手を入れるたびに泳いで逃げてゆく豆腐の水は五度を上がらず

デパ地下と言はるる地階に働くにくぐもりもなく客に応じる

地下二階といふ階もあり地に足のつかぬ職場の地下一階にゐる

暗算をするに疲れて計算機を手元に寄する夕べの店に

雪花菜《きらず》といふ言葉にひかれ店さきに客と交せる時間長くなる

どの豆腐にするかを迷へる客のあり献立を聞きて木綿豆腐を奨む

水槽にわづかになりたる絹豆腐の泳ぐごとあり客足にぶる

歳晩の営業もあと三十分となりて盛り上がる呼びこみの声

Ⅲ

先はないぞ

過ぎし日より逃げたきわれや未来にもよみがへらぬことを願ふ二つ三つ

ここをぬけねば先はないぞと思ひつつかわきたる日を身を細く生く

炎天に垂るるぶらんこに風のなく夏の子どもは神隠しに遭ふ

図書館の円卓よりふと立ち上がる修の歌の「飾窓《ウインド》」の文字

白内障の手術をしたるあの日より私のめぐりは藍より青い

夕飯はいらぬと子より電話あり月はぽつたりふくらんでくる

ひそやかで妙《たへ》なるものと明け方の夢はだれにも話さずにおく

椎の実のこもる林に入りゆきて秋のしめりをひんやりつかむ

陽の下を歩くわが影をこの夏は見ることもなく十月となる

訴へればいくらか軽くなるものか青年は熱を何度も訴る

灯明の灯は高くなりたり姉の忌の読経の声の上がりたるとき

掃除機のコードに残りゐる熱はいつかはじける恐れに似たり

木の葉二枚たはむれるがに田町橋《たまちばし》をわたりてゆけり岸に花咲く

顔がむくんでくるやうな眠さおそひきつ二十日余りを休まずにゐて

大病をくり返したるも運不運保身のために控へるをせず

正月の飾りを終へて飾り独楽ひとりで回し今年も暮るる

古めかしいとその名言はれし姉三人この世にをらず古めかしきまま

太極拳の拳《こぶし》の先にあるものは未来を指せるほの灯りかも

赤信号をいういうとゆく鴉ゐて急ぐわたしに歯止めをかける

桜めぐり

啓蟄《けいちつ》の木の芽やさしき露地に入り夕べの空気はやはらかくなる

満開の花を散らして黄砂くる黄砂よ祖国の桜はいかに

笑へぬときに笑ひしときをふと思ふ過ぎたるものはみんな桃色

妹に大き魂あり故郷に柿六十本を植ゑしと言ひ来《く》

残雪の蔵王の峰とほとばしる三春《みはる》の桜のすきとほりくる

世の春の永遠《とは》に続くか白石川《しらいしがは》の堤をうづめる千本桜

あの世へと渡れる橋の思へる夜《よ》鶴ヶ城跡の夜桜見上ぐ

気力を上げるための努力ができてない春の想ひにまるめこまれて

いつまでを働くべきか働かねばならないのかと夜を眠れず

その音に目がさめたのか目ざめゐて気づきたるのか春の雨降る

こつこつと夢をかなへし涯にまだ見たことのない旅先の虹

人に会ふことにも倦みて一羽ゆく街の鴉を目にて追ひゐつ

力むなと言ひ聞かせるもまだやる気まだまだやる気のありて眠れぬ

本を持つ手だけが生きてゐるやうな夜更けの冷えにスタンドを消す

伊吹山

手に負へぬ石灰石の岩道になれたるころに頂上に着く

伊吹山に登りて滋賀と岐阜県がとなり合はせと初めて気付く

山吹は一重がよけれど黄の花も白き小花も風にゆれゐて

おそろしき夢も現実に違ひなし追ひつめられてめざめるまでは

いつか見た赤き反り橋その橋を夢のつづきに見たくて眠る

出る杭を打たむと待ちゐる人がゐて出るに出られぬ杭の数本

山茶花を見上ぐる先も山茶花で薬師霊場への坂道つづく

月と対話す

折れさうにしなふ割箸を使ひつつ午後の仕事へはづまぬこころ

縄ぬけのやうな形にエプロンをはづして今日の勤めを終へる

先行きを笑顔を絶やさず過ごさむと請はれて転職の決心をする

手の平の窪につめたく卵あり初出勤の覚悟を確かむ

新製品を賞められて売る店頭の〈苺ういらう〉〈桜むしどら〉

なんとなくたのしき日にて鉢植ゑの合歓の葉つぱをすべて眠らす

加齢に比例すること多し年々にくしやみの大きくなれるに気づく

医者のいふ三分間のあなどれず励ますごとく歯をみがきゆく

軽がるとだませる人もゐなくなり四月一日つまらぬ日なり

しばらくを旅に出ますと書き置きす万愚節《ばんぐせつ》といふ四月一日

おもひでがひとより多くありますと夕べの月が話しかけくる

あの人は熱心だからとわたくしの熱心でないのを見ぬかれてをり

立ちあがることすらけだるき真昼間をめぐり離れぬ蜂の一匹

和菓子屋の四季

苺餅を口にふふむにとろとろと歩みゆかむか春の野原に

春風をもちてお客は入《はひ》りくる〈桜むしどら〉の仕上がるときに

この客の機嫌の悪しきはこのわれに因があるのか包装しつつ

最後の客を送り出しての閉店に気づかれぬやうに吐息をもらす

創業祭も無事にをはりて冬ざれに少し間のある夕べを帰る

和菓子屋にも春は来たりて沼津より桜葉《さくらば》とどく弥生朔日

春彼岸と書かむとするに亻《ぎやうにんべん》を書きたるときに客の入りくる

あれもないこれもないよと工場《こうば》へと通じる電話を幾たびもとる

品切れの多くある午後言ひ分けにならぬやうにと言葉をえらぶ

自分でも納得のいかぬ失策を加齢のせゐにしてのがれゐつ

七日間晴れのつづきて八日目が曇りとなりて彼岸の明ける

茶菖蒲の花

活けおきし茶菖蒲《ちやしやうぶ》に話題のあつまるに菓子屋の店先しばし明るむ

水をかへ水切りをして紫陽花の色をとどめて文月にはひる

目ざましの鳴る前にいつも目のさめる齢《よはひ》となりてシルバーカード来る

あの黄色の花は何かと見る窓に南瓜サラダはその黄《きい》のいろ

消えてより音の追ひくる遠花火すぎたるものに思ひののこる

きのふまで啼いてゐた蟬が啼かなくて大きな空がわれに下りくる

中秋と仲秋の意味のちがひなど話して客との距離をちぢめる

売れゆきの今ひとつなればかご盛のポップに大きく月の字を加ふ

ポップ＝小ぶりの店頭広告

十五夜の月は際だつ三連の提灯の灯を落とせるときに

中天に近づく月に見まもられ「月見だんご」の幟《のぼり》をひきぬ

貝母の花

立ちあがるまでの時間とたちあがりし後の時間のバランスとれず

御愛想《おあいそ》でなく愛想《あいさう》を言ひ売り上げのいくらかをわれの賄《まかな》はむとす

秒針をゆかせる音か雨音かわからぬままに夢路に入る

今日もまた砂糖壺《シュガーポット》をみたしゆく言葉すくなき青年のため

居眠りをしてゐるときが相応のときかもしれぬこの世遠のく

私ごとをする間もなきが出勤はあはき桜の下をえらべり

客の話を聞きゐるときに売り上げのグラフの斜線が脳をかすめる

お客とのやりとりにかけひきは使はぬが同僚と話すにかけひきの要《い》る

かざりたる貝母《ばいも》の花にみほれたる客のはなしのしばしつづけり

職を退くひとりを前に身内には言へぬはなしをついついはなす

月の色のレモンを買ひぬ売り上げを夜間金庫へ納めたるのち

母さんの誕生日なりと青年は夏めく街をわれにつきあふ

紫陽花の枝切りしときこれからだまだだまだだと青き匂ひす

体力と言へるかどうか居眠りをするだけの体力のこりてをりぬ

朝あさに水をかへおく紫陽花の色おとろへてわが誕生日

この先は夢のあとかもまたひとつ歳《とし》をかさねて水無月にをり

秋を待つ

盂蘭盆のはじまる朝に開店を待ちゐし客がつづいて入《はひ》る

経験も歳《とし》もかさねたる二人なり重なる客を笑顔でこなす

ＢＧＭの音をあげたり和菓子屋の客の絶えたる静かなるとき

憤《いきどほ》りを生きゐる証とわれはしていつにもまして仕事はかどる

客足の遠のくときにとにかくも食べられればいいといふ食事する

途方にくれるといふほどの額ではないけれどレジのお金がときどき合はぬ

透明に爪をぬりつつシャガールのぐじやぐじやがいやと秋を待ちをり

目の前にふたたびみたび静止せる臀《と》呫《なめ》の秋津《あきつ》に陽はかたむけり

何ものか生きゐるらしく小さき泡をたてて緑の藻がもちあがる

沼杉と曙杉のうへにあるとどまる時間をわがものとする

ことばとあそぶ

去年との売り上げの差を気にしつつ一月七日統計をとる

売れる品を売るのではなく売りたい品を売らむとぞして日々を励めり

ぽつかりと客が引きゐてかたはらの電子辞書にてことばとあそぶ

但馬路《たぢまぢ》にひとの気配のあらずして雪のとけたる車道を歩く

湯の町に陽はさしいだしつもりたる雪はつららとなりゆく気配

往来ははやも日暮れてたよりなしバス待つ人もバスも去りゐて

予期できぬうらぎりにも会ふこの世にて闇にめざめてその後ねむれず

背の痛きをそれはそれとして昼までの予約の菓子箱の仕上げにかかる

仕上げたる百三十五箱を前にして同僚とともに胸なでおろす

フィルムにはへこむ背骨の映りゐて胸椎圧迫骨折と知る

安静にするしかなしと入院の手続きをとり病人となる

この冬は長くなるのかいや短くなるのか勤めを減らすと決めて

夜となく昼となく横になりてゐて担当医の名もいまだおぼえず

風の止む一瞬のあり虚と実のはざまのやうに花ふぶき止む

つまづきて一月のあまりを臥したれば明日のさくらのあると思へず

気をつければ気をつけるほどとりおとす生の卵はわが目をさます

てのひらにとる

ちらしにある限定品にならぶ客のあり開店時間を前倒しにする

午後三時早もお客の切れたるにくずまんぢゅうの葛の葉にほふ

精算の二番をおしてレジキーをはづすに心の鎧《よろひ》もはづす

閉店前に月見団子の売り切れて思ひのこして幟を下げつ

「よかつたらお持ち下さい」の花芒わづかになりて満月いづる

半日を共にすごししエプロンが裏返しだよとはづすときいふ

彼岸花おくれて咲きぬ両切りのピースをパイプで吸ひたる亡父よ

その下に立たねばわからぬ高さにて陽の下にある楓を見上ぐ

高く高く空すけてゐて身のゆくへを失ひさうな足をとどめる

思ひきりだらしなくごはんをたべてゐるわたしを明日の朝までゆるす

二度と来ぬ今年の冬を味はへとばかりに季は息白くする

勤務日数をへらせど責任が半分になるわけでなし背中のうづく

休日の空が心に落ちてきてわが胸の底は大きみづうみ

ほほそめし乙女のいろをおもはする蓮のひとひらをてのひらにとる

昨日も雨今日も雨なる休日にビルのガラスの色のかはらず

三十年間客と接して謝ることと褒めることとが得意となれり

先が見えない

高齢化の波が押しよせのみ込まれさうなるわが身を勤めに立たす

自律神経失調症恐し不定愁訴症候群とはなほ恐しめまひしてゐて

先の見えないことにこだはる厨房に長さのちがふ菜箸《さいばし》つかふ

ほどほどのぬる湯につかる夜の零時わが身を責めると追ひ炊きをする

噴水に水のあらねば戛戛《かつかつ》と往くだけのひと飛ぶだけの鳥

雛箱の中のひとつの落雁のまるき鼓の春の音する

天空にたつたひとつの雲ありて釣られるやうに背をのばしゆく

〈タスマニア産ブッポウソウ目カワセミ科〉笑つてみせろよ笑ひ翡翠

マゼラン人鳥《ペンギン》斜めに下りる坂道をころばぬやうにと春の陽はさす

ストレスをためゐるわれや猿山のボスの孤独を見てゐて闇《くら》し

ポイントカード

開店を待たずに客は並びたり盆用の散らしを片手に持ちて

不公平があつてはならぬとポイントカード、サービス券を忘れず渡す

空気のよめぬ客に流れがとどこほり客のひとりが帰りてしまふ

ポイントカードに朱印を押しつつ閉店まであと幾人ぞ明日は休日

如月は二十八日にて就業日は十三日歳《とし》に合ひたる給料もらふ

やいゆゑよのゆの字がふつととんでゆき平均寿命までを数へる

みやげにと友にもらひし布巾には金魚が描かれゐて夏を呼ぶ

水無月のカレンダーがまだめくられず応挙の「竹図」に降《お》りてくる雨

きのふよりも一層まろき十五夜の月をぽんぽんはじいて帰る

食べさせたき悪夢の多く若冲の絵の中に入る貘《ばく》の前へと

若冲の鷲に追はれて引き出され貘《ばく》のまへにぞ正座してゐる

地下街の人ごみに居たる幾年を思ひ返しつつ陽の下に出づ

弥生本日雛日和

告知より二年をへたる義弟《おとうと》の命をたのみ寺をあとにす

春一番の吹きたりといふ日の桜餅うつつの桜も近づきてこよ

ふたつあるをわが桜坂と決めてゐて上り下りす朝な夕なに

じわじわとわたしの範囲をせばめゆくいやひろげゆく花あらし来て

春はまだ何度も来るにちがひない青きヒールを履かせるために

こんな日もあるから明日も生きゆけると思ふに五月の陽ざしぬくとし

爪先を上げてすすめと言ひきかすうつむきかげんのわれとわが身に

いつも怒つてゐると言はれてゐるらしきがそれもよしとし前むきてゆく

眠ればまた明日には力がよみがへる今までがさうこれからもきつと

あとがき

しばらく会社勤めをした後に結婚をし、その後は子育てとパートの仕事に追われる日常でした。そんな時に、幼馴染から出版した歌集が送られてきました。歌集を読んでいるうちに、私にも作れないだろうかという気持ちになってきました。出版した友人に誘われて「朔日」に入会しました。その日から、十六年余りになります。

いつの間にか昨日のことを忘れるような歳になりました。日記も書かないし家計簿もつけない私自身の生きてきた記録とも言える歌を、思い切って纏めてみようと思いました。十五年間に詠んだ歌が、千四百首ほど溜まりました。外塚喬代表に相談したところ、それだけの数があれば一冊の歌集になると励まされ、思い切って纏めることにしました。

この第一歌集は、和菓子屋の店員を辞したところから始まります。ときどきストレスからくる内臓の病に悩みながらも、新たに仕事に就きました。吉備団子の老舗店、百貨店の食品売場の豆腐店。また、以前勤めていた和菓子の店にと仕事場は代りましたが、そのほとんどが店頭に立って、人と接した十五年間でした。店頭に立つと、店に来る人のさまざまな人生が見えるようでした。お客の接待をしているうちに、私自身も励まされたりして、生き甲斐のある日々を過ごすことができました。したがって、この歌集の多くの作品は、仕事の歌と日常の些事が素材となっています。しかしながら、仕事のない日には心を休めるために近くの後楽園に行ったりして、一人の時間を過ごしました。全国研究集会の後には、開催地の名所旧跡などを巡ることをしました。そうした日常から離れて、一人のときに歌が生まれることもありました。

表紙のカバーの時計は、私の古稀の記念にと子どもたちからプレゼントされたものです。色、形は私の好みによりガラス作家の方に頼んで作ってもらった

ものです。わが家の居間で毎日見上げているもので、愛着のあるものですので、
その写真を使うことにしました。
「朔日」の外塚喬代表には、忙しいところを選歌の労をとって頂きました。
宮本永子様には、編集についての細かいことや、校正、装幀についてご助言を
頂きました。厚く御礼申し上げます。

つたない私にお付き合いいただいています「朔日」の先輩、そしてお仲間の
皆様、これからもよろしくお願いいたします。
最後になりましたが、出版を快くお引き受け下さいました現代短歌社の道具
武志様、今泉洋子様、ありがとうございました。

二〇一四年一月十日　　桜の開花を待ちながら

森安千代子

歌集 苺にミルク　朔日叢書第89篇

2014(平成26)年3月10日　発行

著　者　森安千代子

〒700-0805 岡山市北区兵団 4-18

発行人　道具武志

印　刷　㈱キャップス

発行所　現代短歌社

〒113-0033 東京都文京区本郷1-35-26
振替口座 00160-5-290969
電　話 03(5804)7100

定価2500円(本体2381円+税)
ISBN978-4-86534-008-2 C0092 ¥2381E